Dedico este libro a mis fieles y leales amigos, que han estado a mi lado y me han animado (¡ustedes saben quiénes son!). También dedico este libro a mis hijos: Christian, Danika, Emmalynn y Kenton. Ustedes fueron los que me motivaron a escribir este libro. Me encanta que sean mis amigos y mis mayores fans. Gracias por amarme a pesar de lo que soy.

J.Y.

Dedico este libro a mis dos princesas: Christina Landaas y Kimberly Moore, que son quienes me han inspirado a escribir la Serie de Parábolas. Gracias porque siguen desafiando y bendiciendo my vida.

J.J.

Dedicado a mi padre.

O.A.

La misión de Editorial Vida es ser la compañía líder en satisfacer las necesidades de las personas con recursos cuyo contenido glorifique al Señor Jesucristo y promueva principios bíblicos.

**PRINCESA FE Y EL JARDÍN MISTERIOSO**
Edición en español publicada por
**EDITORIAL VIDA – 2014**
**MIAMI, FLORIDA**

© 2012 POR JEANNA YOUNG Y JACQUELINE JOHNSON
ILUSTRACIONES © 2012 POR OMAR ARANDA

Este título también está disponible en formato electrónico.

Originally published in the USA under the title:
**PRINCESS FAITH'S MYSTERIOUS GARDEN**
COPYRIGHT © 2012 BY JEANNA YOUNG & JACQUELINE JOHNSON
Published by permission of Zondervan, Grand Rapids, Michigan 49530

Editora en Jefe: *Graciela Lelli*
Traducción: *Kerstin Anderas-Lundquist*
Adaptación del diseño al español: *Good Idea Production, Inc.*

A menos que se indique lo contrario, todos los textos bíblicos han sido tomados de la Santa Biblia, Versión Reina-Valera 1960 © 1960 por Sociedades Bíblicas en América Latina, © renovado 1988 por Sociedades Bíblicas Unidas. Usados con permiso. Reina-Valera 1960® es una marca registrada de la American Bible Society y puede ser usada solamente bajo licencia.

Citas bíblicas marcadas «NVI» son de la Nueva Versión Internacional® NVI® © 1999 por Bíblica Internacional. Usadas con permiso.

ISBN: 978-0-8297-6601-1

CATEGORÍA: JUVENIL FICCIÓN / Religión / General

IMPRESO EN CHINA
PRINTED IN CHINA

14 15 16 17 LPC 8 7 6 5 4 3 2 1

# Parábolas de las Princesas™

# Princesa Fe
## y el jardín misterioso

ESCRITO POR **Jeanna Young** y **Jacqueline Johnson**
ILUSTRADO POR **Omar Aranda**

Había una vez un hermoso castillo, asentado en una montaña, muy encima del nivel del mar. Allí vivían cinco princesas. Se llamaban Alegría, Gracia, Fe, Esperanza y Caridad. Tenían la gran dicha de ser hijas del rey.

Esta es la historia de la princesa Fe. Muchas veces se encuentra leyendo un libro, encantada por los cuentos de tierras lejanas. Ella y su conejito Bola de Nieve se pasean afuera en la hermosa naturaleza, disfrutando de la fragancia de cada estación. A diferencia de sus hermanas, Fe se mantiene en calma todo el tiempo... aun cuando se trata de su propio misterio.

Muy temprano, una mañana, la princesa Fe y su conejito Bola de Nieve salieron del castillo en busca de flores. Cuando Fe había recogido un hermoso ramillete de flores fragantes, llamó a su conejo. ¡No vino! Entonces Fe oyó que algo se movía en los arbustos. ¡Pobre Bola de Nieve, estaba atrapado en los matorrales! Con mucho cuidado, Fe levantó las ramas espinosas que lo tenían atrapado. Tomó en sus brazos a Bola de Nieve para consolarlo. Entonces se dio cuenta de algo que estaba oculto detrás de unas vides.

Fe separó las ramas de las vides y encontró una puerta. La puerta hizo un ruido chirriante cuando la abrió. Allí había un pasaje oscuro que daba al fondo del castillo. «Bola de Nieve, ¿adónde nos llevará este pasaje?», le preguntó a su conejo. Con mucha cautela se abrió paso en la oscuridad. Las telarañas se le pegaron en la cara y oyó unos sonidos raros encima de su cabeza.

Fe se sorprendió al descubrir que ese pasaje la llevó al patio interior del castillo, a un lugar con rejillas y glorietas. *¡Qué hermoso debe de haber sido este jardín!,* pensó Fe. Entonces a la princesa se le ocurrió una magnífica idea.

Inmediatamente, Fe corrió de regreso al castillo en busca de su padre, que estaba reunido con sus asesores. Respetuosamente, Fe tocó la puerta. Entró de puntillas y se acercó a su padre para susurrar en su oído.

—Por supuesto que puedes sembrar tus propias flores —respondió su padre, también en un susurro—. Hace años que no hemos usado ese jardín.

—Gracias, papito —dijo Fe, y le dio un beso en la mejilla antes de irse.

—Bola de Nieve, ¡este es el mejor día de mi vida! Voy a sembrar mi propio jardín de rosas, narcisos y flores de lavanda —dijo alegremente la princesita, al pasar por donde estaban sus hermanas.

—¡Vengan, niñas! Tengo algo que mostrarles. He encontrado un jardín oculto. Papá dice que puedo sembrar mis propias flores.

Fe se detuvo. Allí estaba... la puerta chirriante. Las princesas entraron, conversando nerviosamente.

—¿Qué hacemos si al otro lado hay una zorra? —preguntó la princesa Caridad.

En ese momento oyeron el chirrido de ramas al final del túnel. Gritaron temerosas y se apiñaron.

—¿Quién está ahí? —preguntaron a una las princesas.

Se sorprendieron al ver a un hombre gigante en la puerta.

—Soy yo —dijo uno de los guardias del rey con voz profunda, a la vez que miró a las niñas y les preguntó severamente—: ¿Quién les ha dado permiso a entrar aquí?

—Nuestro padre, el rey —dijo la princesa Fe confiadamente.

El guardia sonrió y les abrió camino. Las niñas dieron un suspiro de alivio.

Las hermanas de inmediato empezaron su trabajo. La princesa Fe dividió el jardín en cuatro parcelas. Sus hermanas le ayudaron. Abrieron pequeños huecos en la primera sección y con mucha paciencia enterraron cada semilla.

Al anochecer, terminaron. Fe se paró a imaginar la belleza que vendría. Cuando las princesas se alistaron para irse, volaron por encima unos pájaros negros, con grandes ojos redondos. ¡Aterrizaron con fuerza en el jardín!

Muy asustadas las princesas los espantaron y les gritaron que se fueran. Pero esas criaturas amedrentadoras se comieron todas las semillas, ¡sin dejar ninguna! Luego se fueron dando chillidos escalofriantes.

Al día siguiente, después de sembrar nuevamente en el jardín, la princesa Fe agradeció a sus hermanas.

—¡Ustedes son las mejores hermanas del mundo! —les dijo, alegremente—. ¡Me encanta el espantapájaros que han hecho para espantar a esos pájaros feos!

Fe sonrió, con una oración en su corazón. Estaba emocionada para ver cómo crecerían esas semillas.

¡Todas las semillas crecieron! A los pocos días brotaron pequeños retoños. ¡Qué emocionadas estaban las niñas! Pero tan pronto como brotaron, se secaron y murieron. La tierra era poco profunda y había muchas piedras. ¡El sol quemó los retoños!

Para animar a sus princesas, el rey dijo:

—Fe, ¡esto es inesperado! Pero cuando pasan cosas inesperadas, aprendemos lecciones valiosas.

Inspirada por su padre, la princesa decidió hacer otro intento.

Al día siguiente, las princesas sembraron semilla en tierra más profunda, sin piedras. Pasaron los días, y las princesas cuidaron su jardín. Regaron las plantitas con agua y con mucha oración. Pronto brotaron los narcisos y las flores de lavanda. ¡ERAN HERMOSÍSIMAS!

Una noche, cuando la princesa Fe ya estaba en su cama, la lluvia cayó en torrentes. Alumbraron los rayos, los truenos sacudieron el castillo, y el viento soplaba con fuerza.

La princesa Fe susurró una oración por su nuevo jardín y se preguntaba cómo estarían sus pequeños retoños. «Amado Señor, te pido que nuestro jardín sobreviva en esta horrible tormenta».

La tormenta no pasó al siguiente día, ni tampoco al otro día. Por fin, una mañana, el sol apareció en medio de los oscuros nubarrones. La princesa Fe estaba tan emocionada que le palpitaba el corazón cuando ella y sus hermanas fueron al jardín.

—Oh, no —dijo la princesa Esperanza—, ¡todas las flores han desaparecido!

Sus hermanas comenzaron a murmurar y quejarse por las malas hierbas que habían crecido y que estaban ahogando a los retoños.

—Está bien —les aseguró Fe—. Aunque no comprendemos por qué pasan cosas como éstas, Dios usa estas experiencias para que nuestro corazón sea más fuerte.

Lentamente, las niñas se alejaron del jardín destrozado. Entonces la princesa Fe vio una flor solitaria, ¡en toda su hermosura!

Esa flor increíble había crecido en la rica y húmeda tierra de la cuarta parcela. ¡Qué maravilla era ver que a pesar de la tormenta, esa pequeña semilla había CRECIDO! Muy animadas las niñas tomaron sus herramientas y comenzaron a sembrar en esa última sección de la parcela.

Una mañana, a la hora del desayuno, varias semanas más tarde, el rey entró apresurado a la cocina.

—Fe, el jardín —dijo el rey, muy contento—, ¡es impresionante! Tu fidelidad y dedicación han sido premiadas. ¡Ven a ver!

¡A las princesas les pareció increíble!

—Papito, ¿quién hubiera pensado que ese jardín abandonado podría transformarse en algo tan hermoso? —dijo la princesa Fe dando saltos alegres.

Las princesas se reían mientras pasaban entre las hileras de flores, gozándose del fruto de su trabajo dedicado. Este jardín misterioso había crecido más de lo que jamás hubieran podido imaginar.

# Reflexiones acerca de la parábola

**Me llamo Fe**. Mi nombre significa «creencia, devoción, o confianza en Dios». Cuando yo sembré mi jardín, muchos obstáculos me hicieron dudar de que jamás tendría flores. Tuve dudas a la entrada del jardín y cuando vino la tormenta. Me sentí muy triste cuando se ahogaron las semillas recién sembradas, cuando el sol las quemó, y cuando esos pájaros espantosos se las comieron. Mi fe soportó las dificultades con la confianza de que eran ciertas las palabras de mi padre. Confié que Dios bendeciría las semillas de mi jardín. Al sembrar una y otra vez, vi crecer mi fe al ver las hermosas y delicadas flores que Dios creó.

Mi historia es como una historia en la Biblia que mi padre me lee. En Mateo 13.1–23 puedes encontrar la parábola que Jesús contó. Jesús dijo que las semillas que cayeron en la tierra en el jardín son como las palabras de Dios que caen en nuestro corazón. Dios quiere que escuchemos sus palabras y que como la buena tierra las dejemos penetrar. Sus palabras nos alimentan y nos hacen fuertes, para que «florezcamos» para su plan y sus propósitos para nuestra vida. A veces la verdad es arrebatada y no echa raíces debido a problemas, dificultades y preocupaciones. En medio de todos los cambios y las incertidumbres de la vida, podemos confiar en Dios. La Biblia dice: «Ahora bien, la fe es la garantía de lo que se espera, la certeza de lo que no se ve» (Hebreos 11.1). Así como la semilla en la buena tierra tenía raíces profundas, tú también puedes confiar en tu Padre celestial para que siembre su verdad profundamente en tu corazón por la eternidad.

Y les dijo en parábolas muchas cosas como éstas: «Un sembrador salió a sembrar. Mientras iba esparciendo la semilla, una parte cayó junto al camino, y llegaron los pájaros y se la comieron. Otra parte cayó en terreno pedregoso, sin mucha tierra. Esa semilla brotó pronto porque la tierra no era profunda; pero cuando salió el sol, las plantas se marchitaron y, por no tener raíz, se secaron. Otra parte de la semilla cayó entre espinos que, al crecer, la ahogaron. Pero las otras semillas cayeron en buen terreno, en el que se dio una cosecha que rindió treinta, sesenta y hasta cien veces más de lo que se había sembrado. El que tenga oídos, que oiga».

«Escuchen lo que significa la parábola del sembrador: Cuando alguien oye la palabra acerca del reino y no la entiende, viene el maligno y arrebata lo que se sembró en su corazón. Ésta es la semilla sembrada junto al camino. El que recibió la semilla que cayó en terreno pedregoso es el que oye la palabra e inmediatamente la recibe con alegría; pero como no tiene raíz, dura poco tiempo. Cuando surgen problemas o persecución a causa de la palabra, en seguida se aparta de ella. El que recibió la semilla que cayó entre espinos es el que oye la palabra, pero las preocupaciones de esta vida y el engaño de las riquezas la ahogan, de modo que ésta no llega a dar fruto. Pero el que recibió la semilla que cayó en buen terreno es el que oye la palabra y la entiende. Éste sí produce una cosecha al treinta, al sesenta y hasta al ciento por uno.

MATEO 13.3–9, 18-23, NVI

Nos agradaría recibir noticias suyas.

Por favor, envíe sus comentarios sobre este libro

a la dirección que aparece a continuación.

Muchas gracias.

Vida@zondervan.com

www.editorialvida.com